KB241550

분홍 스카프

분홍 스카프

—

초판 1쇄   2026년 2월 10일
지은이   최경자
펴낸이   김영재
펴낸곳   책만드는집

—

주소   서울 마포구 양화로3길 99, 4층(04022)
전화   02-3142-1585·6
팩스   336-8908
전자우편   chaekjip@naver.com
출판등록   1994년 1월 13일 제10-927호
ⓒ 최경자, 2026

—

* 이 책의 판권은 저작권자와 책만드는집에 있습니다.
* 이 책 내용의 전부 또는 일부를 재사용하려면 양측의 동의를 받아야 합니다.

—

ISBN 978-89-7944-918-1 (03810)

쉽게, 짧게, 노래하듯
일상생활을 그려낸 생활시조

분홍 스카프

최경자 시집

책만드는집

나는요
틈만 나면
수다보단 끄적거림

연필과 지우개로
썼다가
지웠다가

낙서장
쌓아놓고서
부자 된 듯
헤벌쭉

| 차례 |

2부   사랑죽

3부　배꽃 피는 내 고향

4부   알로하!

5부   10월은 태극기

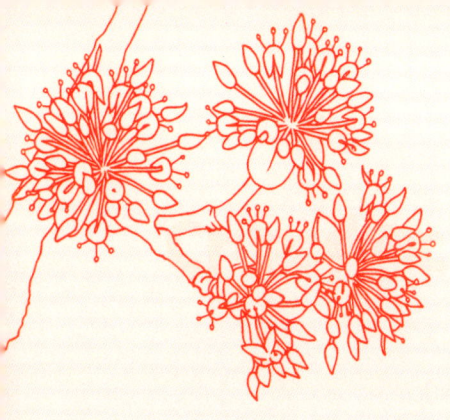

1부
그곳에 나의 산수유

그곳에 나의 산수유

고렇게 작은 것이 가지 끝에 매달려서
노오란 햇빛 받아 눈이 트고 귀가 벌고
바람도 그 언저리에 네가 좋아 맴돈다

산새 떼 재깔대다 저 산 너머 저 하늘로
거기 구름이 돌면 돌아올 메아리에
하르르 꽃잎이 벌면 무어라 이름하랴

이달의 꽃말 같은 바람아 불어오라
파로호 내 터전에 사근대며 불어오라
포시시 터진 산수유 내 고향이 머문다

그래 사랑한 거야

돌던 해 멈추어 선
눈물 나게 눈부신 날

남한강
따라 돌다
산수유와 마주쳤죠

강아지
꼬리 흔들듯
요동치는 반가움

지금쯤엔

늦잠 자던 휴일 아침
촉촉한 봄비 소리

포싯포싯 밀려 나온
노란 꽃이 창에 든다

파로호 나의 산수유도
지금쯤엔 벌겠다

라일락

라일락이
담 너머로
눈웃음 날리는 건

주체 못 할 봄바람을
토닥토닥 숨겼다가

보랏빛
터지는 향기로
사랑합니다 당신

라일락

최경자

라일락이
담 너머로
늘웃음 날리는 건

주체 못할 봄바람을
토닥토닥 숨겼다가

보랏빛
터지는 향기로
사랑합니다 당신

봄은 수채화
최정자

산마다 들마다
초록 물감 푼거야
버들잎 물을 올려
화선지에 붓질하면
뻐꾸기 부리 끝부터
젖어오는 봄타령

봄은 수채화

땅속엔 땅속엔
그림물감 풀었나 봐
분홍 물감 풀린 곳엔
진달래와 산벚꽃
산수유 모여 핀 산엔
옹달샘도 노랄까?

산마다 들마다
초록 물감 푼 거야
버들잎 물을 올려
휘이 휘이 붓질하면
뻐꾸기 부리 끝부터
젖어오는 봄 타령

벚꽃놀이

소녀 적 새겨놓은 고운 꿈이 날아가나
하늘하늘 하얀 꽃잎
어깨 위로 쏟아질 때
소매 끝 스며든 바람
가슴까지 시리다

황사가 자금대는 윤중로를 걸어본다
삐쭉빼쭉 살아가던
여염집 아낙들이
털털한 웃음소리로
머플러를 날린다

사월의 절정

포시시 핀 산수유에
아지랑이 내려앉고

개나리는 양지 비탈
오손도손 속살대고

목련꽃
날개 펼칠 때
숨이 멎네 그 절정

꽃비

사월에는 한순간에 팝콘이 톡톡 튀듯

하룻밤에 꽃잎 터져 온 동리를 밝힌다

이슬비 봄비 내렸다

꽃비 되어 날렸다

사월의 풍경 하나

산벚꽃 흐드러진
실개천을 지나다가

손잡아 건네주는
징검다리 풍경 하나

잔잔히 사월을 음미하는
봄나들이 노부부

봄날의 불꽃놀이

민들레 피는 봄에
이별은 불꽃놀이

작아진 심장에
펑, 펑 구멍을 내며

별님께 너울너울 날아가는
하얀 요정 그 변신

봄꽃 릴레이

산사나무
정갈한
하얀 꽃이 피더니

뒤를 이어 솟아오른
아지랑이 이팝꽃

봄꽃은
릴레이로 이어가며
희망 주고 사랑 받고

분홍 스카프

봄이면 나는
연분홍 스카프를 두른다

산허리를 휘어 감은
소월의 사랑이

목으로
흘러내리는
진달래, 아 진달래

훈풍

자목련 송이송이
뿜어지는 당신 입김

도란도란 피어올라
가지 끝에 앉은 텃새

따스한 훈풍에 싸여
함께 보듯 봅니다

민들레 당신

동그마니 저편에 앉아있는 심장은

바라만 보아도 바로 내 심장이었네

갈라진 바위 틈새로 민들레가 피다니

스치는 눈빛으로 말씀을 읽어가며

걸음걸이 하나로 건강의 맥을 짚는

당신은 바로 그렇게 내 하나의 민들레

봄날은

울타리를 돌아서며 개나리꽃 한 입 물고
삐그덕 앞마당에 기웃기웃 들어서니
어머니 젖내가 난다
달콤한 목마름에

매캐한 아궁이는 아버님의 군불 냄새
새벽마다 등 따습던 장작 타는 소리여라
봄날은 어느 집을 가도
고향 같은 내 고향

송홧가루 날릴 때

먼 산 소나무에 바람이 감겼다가

송화를 날리며 대청마루 휘돌면

어릴 적 언니가 찍던 다식 맛에 침이 돈다

밤꽃

휙 스치는
밤꽃 향기
유월이 지나가네

터널을 뚫고 가면
개망초 함빡 웃고

시골집 굴뚝 연기는
밥 짓는 보리 냄새

억새꽃

하늘공원 넓은 들에
억새꽃이 펼쳐졌다
사진 한 컷 찍으려다
억새잎에 베였다
억새꽃
억센 잎새에서
솜털 꽃이 피었다

2부

사랑죽

금붕어

우리 아가 맘마 먹자
먹이통을 흔들면
어느새 달려와서 뻐끔뻐끔 꼬리 친다
눈알을 맞추는 폼이
빨리빨리 주세요

붕어야 목욕하자
뜰채 들고 다가가면
꼬리 치고 물 튀기고 도망가고 숨어버리는
붕어도 말을 알아듣네
눈도 밝고 귀도 밝고

금붕어가 글쎄요

단짝 친구 금붕어 사이좋게 놀았는데

한 마리가 밑바닥서 꼼짝 않고 있어요

며칠 후 고 녀석이 글쎄요 영영 꼼짝 않네요

한 마리 남은 것이 안쓰럽고 미안해서

좋은 집에 보내는 게 생명 보호 하는 거지

수족관 그 넓은 집에 넣어주고 왔다오

순둥이 몽실이

낮잠 자다 번개처럼 달려 나온 강아지

번쩍 들어 안아주면 사레까지 켁켁 들고

몽실이 내 새끼 같은 끔벅끔벅 순둥아

발치에서 킁킁킁 머리맡서 킁킁킁

엄마 주변 뱅뱅 돌다 아기처럼 벌렁 눕는

해넘이 볕 잦아들 때 털북숭이 고놈 참

솔이는 샘쟁이

소파에 앉으려면
먼저 폴짝 뛰어올라
무릎 위를 넘나들며
아무도 오지 말 것
솔이는 장난꾸러기
사랑스런 샘쟁이

장난감 뼈다귀를
몽실이가 물고 오면
크르렁 뺏어 물고
식탁 밑에 쏘옥 숨는
솔이는 욕심꾸러기
초롱초롱 고놈 참

나는 외할머니올시다

만 원짜리 내어놓고 핸드폰을 열었다
얘들아 한 달 된 우리 손녀 사진 보련?
어머나
요리 보고 조리 보고
손녀 얼굴 닮을라

새근새근 잠자는 평화로운 아기는
콧날이 오뚝하여 인형처럼 예뻤다
내 손녀
네 이름 석 자로
행복 세상 밝혀라

손녀의 돌잡이

우리 아가 돌잡이로
어느 것을 잡을까?

아빠는 돈 돈 돈
엄마는 건강 실타래

후후훗
손녀는 어느새 마패와 엽전 타래

귀요미 놀이

까꿍
할머니가 귀요미 노릇 하면
깍하며
고개를 숙였다가 돌린다
어머나
우리 깜찍이 까꿍질도 잘하네

이쁜아 윙크하자
찡긋찡긋 해 보이면
두 눈을 감았다 뜨며
애교가 철철 난다
아고고
우리 귀요미 어쩜 이리 예쁠까

3세의 그림 속에

손녀 보면 윙크 찡긋 발사하는 할머니 눈

입에선 하트 연발 귀염둥아 사랑둥아

육순의 외할머니를 느낌대로 그렸네요

3세의 그림 속에 65세 할미 마음 고스란히 담겨있다.(2016년 봄날에)

내 친구

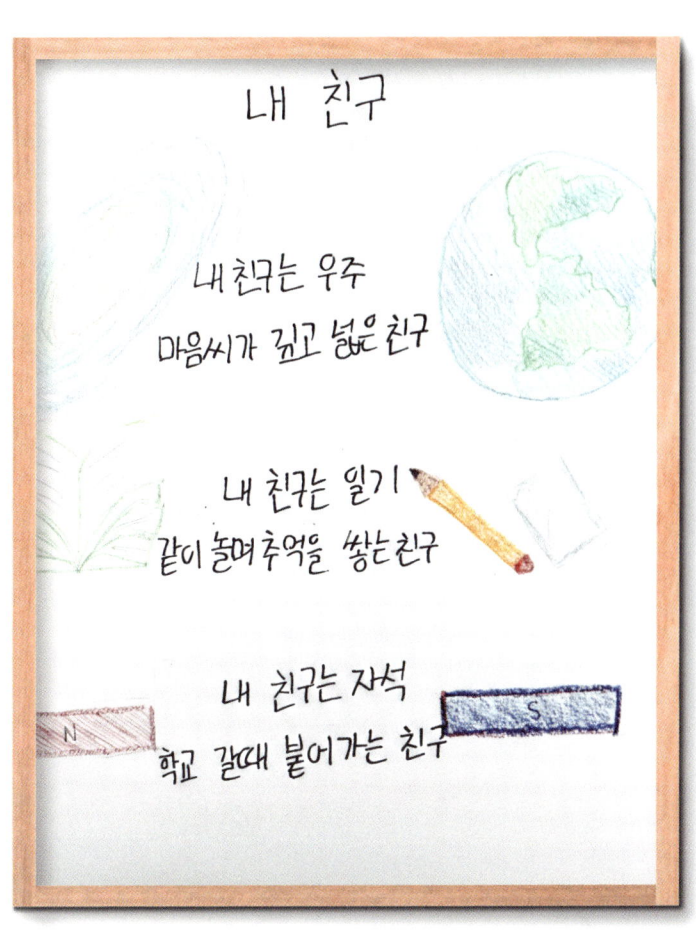

내 친구는 우주
마음씨가 깊고 넓은 친구

내 친구는 일기
같이 놀며 추억을 쌓는 친구

내 친구는 자석
학교 갈때 붙어가는 친구

외손녀

아홉 살 손녀 말에

외할머니 좋아하는
생선횟집 갈 거야

그럼 나는
밥 한 공기
김치 얹어 먹는 거네

까르르 웃음 빵 터졌다
아홉 살 손녀 말에

할망구

손녀야
그 유튜브 언제까지 볼 거야?

알아서 한다더니 두 시간째 보고 있다

양심껏 행동하거랏

겨우 끄고 "할망구!"

할망구라 해도 좋다 할방구면 어떠랴

이쁜 너만 잘된다면 무엇인들 어떠랴

할망구 그 이름 속엔

사랑이 가득하지

할머니 스타일

아침에 소고깃국 해줄까 뭐 해줄까

할머니 우리 집 아침은 브레드예요

오호라 모닝빵에 잼 햄 계란 샌드위치?

할머니 집에 오면 할머니 스타일

몸에 좋은 집밥이다 뭇국에 백김치

햄 부침 이츠 오케이? 네, 네, 네네네

하나 둘 셋

3초 쉬고 건너거라 차가 멈춰 섰는지

파란불이 켜졌어도 왼쪽 보고 오른쪽도

잠깐만 하나 둘 셋 안전한 게 최고다

파란불이 켜졌어요 재빠르게 건너려다

할머니 말 생각나서
하나 둘 셋
순간 멈춤

손 들고 건너갔어요 역시 우리 할머니

엄마 손은 마술 손

우리 엄마 두 손은 마술 손 닮았어요

보글보글 냄새나면 떡볶이가 나오고

휘리릭 덜그럭하면 스파게티 나와요

엄마 엄마 오늘은 닭봉튀김 먹고 싶어

내가 먹고 싶다 하면 무엇이든 해주는

울 엄마 거친 두 손은 고마운 손이에요

이 또한 지나리니

알콩달콩 하다가도
성질 한판 내뱉는다

오르락 내리락
포물선의 조화인가

이 또한 지나가리라
신혼 중년 지나면

사랑죽

가평 잣 갈아놓고

콩 불리고 야채 썰고

잣죽 콩죽 야채죽

바꿔가며 먹으라고

사랑니 뽑는다는 날

사랑죽을 해 보냈어

웰빙 가족

몸과 마음 편안한
참살이 해보고자

이름도 웰빙 웰빙
웰빙타운 골랐지

하고자 마음먹으면
안 되는 일 없다고

딸아 사위야 손녀야

고맙고도 고맙구나
셋이서 모아 만든
깜짝쇼 이벤트에
가슴 뭉클 감격이다
고희연
이런 파티는
세상에서 하나뿐

알뜰살뜰 자수성가
구두쇠 내 사위가
현금을 줄줄 이어
꽃다발을 만들다니
나는야 Birthday Queen
이게 바로 Happy Queen

빗장 열고

초록으로 덮였다가
단풍으로 치장했던

산등성이 홀딱 벗고
속살을 드러냈네

고희古稀에
빗장 열어놓은
내 모습의 겨울 산

3부
배꽃 피는 내 고향

배꽃 피는 내 고향

사월이면
눈 내린 듯
온 동리가 눈부셨다

배꽃 따던 점순이
허리춤엔
냉이 한 줌

나비야
댕기머리 내려앉아
꽃단장을 해주렴

내 고향 화접리 花蝶里

화사하던 배나무가

굴삭기에 퍼 올려져

덜커덕 팽개쳐져

소음 속에 나뒹군다

신도시

조망도 속엔

배꽃 마을 있을까

느티나무

놀이터에 심어진 느티나무 세 그루는

아이들 재깔 소리 쩍쩍 째잭 새소리

모두 다 그늘 속으로 끌어들여 놓았다

마을의 한복판에 오래된 느티나무

오월이면 굵은 밧줄 그네가 매어졌지

발아래 동네 한 바퀴 오십 년 전 봄 처녀

초록 머리 소꿉놀이

뒷동산 올라가면
초록 머리 만난다네

비 온 뒤 갠 날 오후였지 인화와 심심풀이 뒷산에
올라가다 아름드리나무 밑에 부스스 풀어 헤친 초록
풀을 보았지 주저앉아 하던 일 머리 땋기 놀이였지
이건 내 머리 저건 네 머리 예쁘게 땋아보자 나는 두
갈래 너는 한 갈래 나는 꽃비녀 머리 할래 지천으로
피어있는 하얀 꽃 망초꽃 개망초꽃 꽃비녀 꽂아놓고
색시놀이 왕비놀이 솔방울 모으고 사금파리 주워서
잔치 잔치 벌였지 소꿉 잔치 벌였지

그곳의 소꿉놀이를 어찌 잊어 친구야

엄마와 황금 참외

여름 햇볕 동글동글

돌아내린 노란 참외

치마폭에 담아 와서

광주리에 쏟아냈지

쪽머리

똬리 위에선

돌덩이로 얹혔어

김칫국

엄마가 끓여주신 김칫국을 먹으면서

한겨울 언 손을 대번에 녹였었지

후루룩 국물 마시고 뛰어나가 썰매 타고

해야 해야 나오너라 김칫국에 밥 말아 먹고

김칫국 해 먹으며 전래동요 흥얼흥얼

입춘절 맹추위 속에 엄마 생각 김칫국

엄마는

무쇠솥에 쌀 안치고
아궁이 앞 쭈그려 앉아

부지깽이 휘적이며
불 세기를 조절하던

엄마는
구십 평생을
쪼그리고 일하셨지

명주솜 저고리

한 세월 지도 같던

어머님의 저고리가

마음이 시린 날엔

십이월 품 안이다

여린 등 도닥여 주던

그 손 자락 그 목소리

얼레빗 참빗

내 어린 시절 속의

가렵던 풍경 하나

새까만 단발머리

얼레빗에 참빗질

어머니 치맛자락에

쏟아지던 가려움

고구마

쪄서 먹고 구워 먹고
깍뚝 썰어 졸여 먹고

넓적하게 튀김 하고
채 썰어 고구마스틱

달콤한 엄마의 맛이다
꿀꺽꿀꺽 목이 멘다

내 손이 약손이다

나 어린 날
배 아프면
엄마 손이 약이었다

"내 손이 약손이다"
쓸어주던 따뜻한 손

지금도
배 싸르르 하면
내 손으로 약손놀이

장독대 모정

장독대는 어머니야
먹거리 그득하지

장독대는 할머니야
오래 묵은 씨간장

정화수 치성드리던
장독대는 모정이야

엄마는 아흔에도

혼자 걷기 불편하면 지팡이 사드릴까?

싫다 얘야 집에 있는 장우산이 최고다

지팡이 노인네스럽다고 싫다신다 아흔에

그랬었어 1977년엔

혼수로 마련해 준

금성 백조 세탁기

대식구 손빨래한

엄마께 미안해서

똑같은 금성 백조 세탁기

엄마께 사드렸어

새벽 군불

군불 냄새는

아버님의 담뱃대다

구들에 달라붙은

매캐한 연기 속에

새벽녘

모락거림이

가마솥에 서린다

땔감

아버지
배밭에서
가지치기 하신다

새끼줄로 꽁꽁 묶어
부엌 광에 쌓아두면

아궁이 타닥거림에
밥이 눋는 구수함

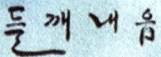

들깨 내음

최경자

밭이랑의 뙤약볕도 어울리신 아버님이
여윈 등이 자식 무게 가늠하던 그 고개로
들깻단 메고 오신다 질게 오는 그 향기

굽은 등 잠시 펴고 하얀이 드러내시는
그 앞에서 청산도 따라 웃던 저녁나절
내 마음 깨꽃이 피네 아버님의 웃음이 피네

깨알을 털어 내듯 아버님의 땀을 털자
들기름에 밥 비비고 호박전도 부쳐 먹자
그러면 별의 바다를 노래할 수 있겠지.

들깨 내음

밭이랑의 뙤약볕도 어울리신 아버님이
여덟 덩이 자식 무게 가늠하던 그 고개로
들깻단 메고 오신다 짙게 오는 그 향기

굽은 등 잠시 펴고 하얀 이 드러내시던
그 앞에서 청산도 따라 웃던 저녁나절
내 가슴 깨꽃이 피네 아버님의 웃음이 피네

깨알을 털어내듯 아버님의 땀을 털자
들기름에 밥 비비고 호박전도 부쳐 먹자
그러면 별의 바다를 노래할 수 있겠지

아버님의 사랑방

이끼 낀 토담이

내려앉고 있었다

오랜만에 들러 본

고향집 사랑방은

아랫목 까만 장판이

냉골로도 따뜻했다

세뱃길

흰 눈 쌓인 올 설날은 유난히 생각난다

색동저고리 설빔 입고 아버지 따라나선

뽀드득 눈 밟는 소리에 즐거웠던 세뱃길

친지 어른 찾아뵙고 세배하며 안부 묻던

아버지 옆에 앉아 한과 약과 집어 먹던

세뱃돈 동전 한 닢에 가슴까지 설레던

팽이

아버님이 깎아주신
소나무 향 팽이가

개구쟁이 발아래
뱅그르르 던져졌다

세상의 어지러움을
저 혼자 품고서

생각나는 날

가장자리 득득 긁어 내게 주던 누룽지

오도독 오도독 입안 가득 고소했다

엄마는 누룽지처럼 내 추억 속 고소함

아버지가 잘 드시던 구수한 눌은밥

찬밥을 눌러 펴서 누룽지를 만들었다

아버지 생각나는 날 따끈한 숭늉이지

뽐뿌물

한 바가지 물을 붓고
뽐뿌질을 해대면

목간통 가득 채워서
첨벙거린 동생들

뽐뿌물* 시원한 물로
등목하던 아버지

* '펌프pump'의 경기 방언.

녹차를 마시며

구수한 누룽지엔 엄마 냄새가 배어있다

새벽이슬 정성으로 아침밥을 지어내신

햅쌀밥 고향 같은 냄새가 배어나는 녹차 향

달빛 추억

나를 따라오는 내 발자국 저벅 소리

그림자 일렁이는 뒷마당 귀신놀이

유년의 두려움들이 묻어나는 달빛이다

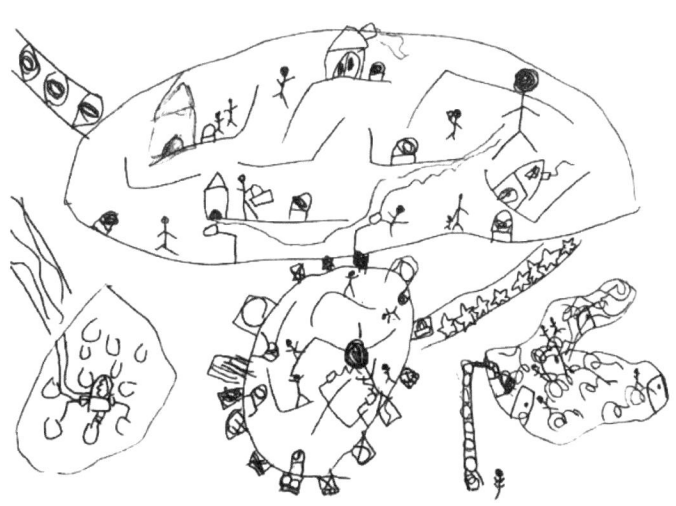

4부
알로하!

모도에 가면

모도* 섬 끝자락에
해가 꼴깍 넘어가면
알몸의 조각상이
피가 돌아 꿈틀댄다
파도에 출렁거리며
부서지는 이브, 이브

바다가 삼켜버린
지난밤 아우성은
차디찬 바람으로
새벽을 부르노니
그래요 얼마나 다행인가요
해를 맞는 모도 섬

* 영종도 북측 삼목선착장에서 배를 타고 신도에서 하선하여 다리
를 건너 시도를 거쳐 모도에 가면 끝자락 해안에 배미꾸미조각공원
이 있다. 바닷가 모래밭에 에로틱한 조각이 절묘하게 어우러진다.

선운사

솔바람차
한잔으로
가슴 가득 솔 향 들면

향나무 염주 알을
코끝으로 돌리면서

선운사
상사화 전설에
밀려오는 그리움

오색엔 아직도

태양의 끝자락도 여기선 접어두자

오색의 선녀탕에 뼛속까지 보이는

산천어 두어 마리가 시리도록 잠겨있다

한 잎 남아있던 물기 빠진 늦단풍이

익숙한 몸짓으로 거기 뚝 떨어졌다

빨갛게 묻어 나오는 체온을 전하면서

산정호수 나들이

억새꽃 산 명성산이
병풍처럼 둘러싸고
일월도의 솟은 산이
운치 있게 조화롭다
둘레길 펼쳐진 고드름은
산정호수 겨울 풍경

국화빵 나눠 먹고
풍선 팡팡 뽑기 하고
달고나 쪽쪽 빨며
둘레길을 걷는다
철부지 소녀가 되어
산정호수 한 바퀴

영랑 생가

모란이 뚝 뚝
낙수로 지는 유월

영랑의 시구절을
유년처럼 되뇌고

햇살에 등을 쪼이면 낯익은 얼굴 하나

장독대 돌반상에
사금파리 소꿉은

떨어진 꽃잎 주워
너랑 나랑 사랑놀이

새빨간 모란 꽃잎에 입 맞추고 있는 너

당사도 등대

등대가 돌아가면 별빛이 되었다가

별빛이 돌아오면 파도가 되었다가

사랑을 소스라치게 하는 당사도의 등댓불

청령포

육지고도 청령포에 단종 임금 자규되어
관음송 마디마다 피를 토해놓았네
아으허 제 몸을 휘감은 절규를 들었는가

층암절벽 망경탑에 그리움을 쌓아놓고
귀먹은 하늘에다 핏발 세워 질러대던
그 소리 돌마다 새겨져 수석으로 남았다

뱃전에 부딪히던 강물은 말 없으나
무심히 흘러가던 구름이 돌고 돌아
그 세월 진실이 되어 역사 앞에 아리다

진시황제의 꿈

나는
대왕이다
불멸의 황제니라

황토 살에 피가 돌아
병마용 일어서는 날

불로초 달여 먹으며
천만 대를 누리리라

병마의 말발굽으로 들려오는 환청인가

끊임없이 몰려오는 구경꾼의 발소리에

지하궁 금장을 입혀 개선문을 세우리

코사무이

나무로 엮어 만든
방갈로에 짐을 풀고

해변 식당 카페에서
코코넛주스 들이켜고

해먹에
쏘옥 누워 잠들면
이게 바로 피서야

토바호수

호숫가 길을 따라
산책하는 묘미가

상점을 들러 들러
구경하는 재미가

석양에 붉게 타버린
하늘이며 호수가

바틱 쇼핑

화려한 색색깔에 다양한 문양들이

더구나 싼 가격이 마음을 잡아끈다

선물은 바틱*으로 하자 식탁보에 머플러

첫 집에서 샀는데 둘째 집이 더 좋네

형제 것만 샀다가 친구 것도 사놓고

싹쓸이 바틱 쇼핑에 룰루랄라 철부지

* 인도네시아 전통 날염 기법.

앵콜 앙코르와트

천 년 세월 묻어둔 크메르의 영화榮華가

유령처럼 되살아나 조각으로 앉아있다

퍼즐을 꿰어 맞추듯 다시 쌓는 탑이여

백성의 핏자국은 돌이끼로 피어있고

석수장이 땀방울이 거미줄에 다시 맺혀

벽화 속 꿈틀대는 신화 살아나는 앙코르와트

할슈타트 호숫가에

케이블카 타고 가며
내려다본 산속 호수

꽃집 같은 이층집에
머물고픈 할슈타트호

퇴직 후
이곳에 와서
석 달만 살아보리

잘츠부르크 사람들

긴 드레스 입은 여인
나비넥의 중년 신사
어디 가는 것일까?
뒤를 졸졸 따라가니
음악회 야외 공원으로
향하는 시민이네

모차르트 고향인
잘츠부르크 사람들은
이백오십 년 전 모차르트 소나타를 듣고 산다
부럽다
음악의 태평성대를
현세에도 누리네

원주민 토속 집

엄마 아빠 딱 둘이
붙어 자는 좁은 안방

한 발 건너 맞은편엔
아이 자는 한 뼘 방

원주민 토속민의 집은
그들만의 만족감

바오밥나무

나무 기둥 굵고 길고
퉁퉁하게 우뚝 섰다

나무 기둥 퉁퉁한 건
우기에 물 저장고

건기에 저장된 물로
살아가는 바오밥

세렝게티 사파리

밀림이 빼곡한 줄 알았던 사파리

허허벌판 드문드문 서있는 나무 사이

떼 지어 이동하며 사는 동물들의 낙원이네

빅토리아폭포

물보라에 굉음 소리
나 어디에 와있는가

국경을 가르는
길고 긴 거대 폭포

무지개
품에 안고 있는
빅토리아 물보라

알로하!

와이키키 파도에
몸을 얹은 서핑족

훌라춤을 구경하는
내 허리도 돌아가고

알로하!
따뜻한 인사에
내 인사는 훌라하!

스톡홀름에서

들어서니 그 자리가 노벨상 수상 자리였다

스톡홀름 한림원은 왕립 과학 학술원

그 옛날 스웨덴이란 나라는 저렇게나 앞섰네

이 층에 올라서서 그 위엄을 느껴보고

화려한 전시물을 세심하게 살피면서

노벨상 대한민국 과학자도 필히 여기 서보길

보이차

자주 갔던 중국에서
사 온 것은 보이차

둥글넓적 덩어리 차
묵을수록 연한 맛

휴게소 잠깐 틈새에
다기까지 사 왔지

풋 숍

장가항 갈 때마다
대접이 발 마사지

사위랑 딸이랑
나란히 누워 누워

아구야 시원하구나
눈 감으면 드르렁

동전파스

일본에도 천엔숍
골라 골라 동전파스

오십견 어깨에도
무릎에도 붙여보니

요것이 요술 득템일세
팔 번쩍 무릎 거뜬

내가 반한 모습들

쪼그맣고 달달하고
말랑말랑 모찌떡

한 옴큼씩 담겨있는
깔끔 포장 밑반찬들

높은음 하이! 하이! 하이!
상점가의 눈웃음

5부

10월은 태극기

오~ 꼬레아

손바닥이 닳아서 가죽만 남는대도
대~한민국 외쳐대며 짝짝짝 짜악짝
단군의 뜨거운 피가 이제서야 도는구나

골이다 골든골이다 얼싸안고 덩실덩실
오천만의 붉은 피가 골목골목 흘러나와
시청을 신촌 바닥을 홍건히 적시었다

돌아 돌아 우뚝 서라 오~ 필승 꼬레아
가슴마다 힘이 솟던 신명 나는 월드컵
태극기 휘날려 보자
오~ 필승 꼬레아

천안함 위령탑

하얀 제복 뽐내며
바다로 간 용사들이

회오리로 솟아올라
물보라로 흩어졌다

하얗게 자맥질하며
내 조국을 토한다

혼자 도는 전광판

누가 온다더라 노동당 비서 연내 방한

코스닥 주가 급락에 눈이 핑핑 도는구나

모두가 미친 세상을 함께 이고 있구나

2000년 세상 얘기 울어주랴 웃어주랴

휴가 간 여름날이 나 혼자만 무료하랴

여보게 한잔하게나 화면 정지 누르고

백두산 천지

숨 가쁘게 올라간 백두산 산정에서

구름 걷힌 청록색 물 천지天池에 감탄사다

인력거 타고 내려오는 맛 여왕인들 부러우랴

백두산에 생성된 넓고 깊은 천지는

두 번을 올 때마다 구름이 물러갔다

내 나라 우리의 것을 어찌하면 찾을까

달빛 대동강

횃불로 치솟은 주체사상탑 위에

일심단결 선군先軍정치 구호로 물든 평양

개구리 칭얼대는 소리가 대동강변 소야곡

대동강 양각도에 달빛이 찾아오면

높게 걸린 초상화도 강물 속에 빠져들고

들쭉술 시름을 달래는 대동강변 보름달

■ 2005. 5. 21.-5. 24. 서울시교육청 북한학교돕기추진 모니터링
방문단으로 평양을 다녀와서.

아! 두만강아 압록강아

소묘 1 돼기밭 북녘 山
두만강 아! 두만강 물속에 구름 간다

구름 걸린 돼기밭엔 사락사락 옥수수 잎

올가을 강냉이밥엔 땀 냄새가 배겠지

소묘 2 연기 없는 굴뚝
한 지붕 굴뚝 세 갠 세 가구가 사는 거래

허기짐에 길들여진 허허로운 웃음소리

음매애 풀 뜯다 목이 메는 몸집 작은 어미 소야

소묘 3 수풍댐

자전거 타는 소년 강변 속 수채화네

관광선을 따라 돌며 부러울 것 없어라

페달을 힘차게 밟으럼 수풍댐이 따라 돌게

소묘 4 압록강 철교

자맥질 물오리 떼 어화둥둥 한가롭고

변경邊境의 초병들도 거닐면서 병정놀이

때마침 달리는 기차 철교는 살았구나

■ 2007년 9월 새터민 탈북 경로인 조중접경지역 연수를 다녀와서.

하나가 된다는 게

금강산도 올라보고 평양 학교 둘러보고

두만강 경계 따라 헐벗은 산 바라보니

그곳은 이해할 수 없는 기이한 곳이었다

그렇게 쉽진 않죠 하나가 된다는 게

탈북 학생 적응 교육 십여 년간 노력했지

언젠가 통일이 되면 너희들이 나서라고

얼레빗

얼레빗 그 사이로
엉킨 머리 풀어내듯

광화문 네거리를
얼레빗아 빗어내자

뒤엉킨 저마다의 함성을
풀어낼 수 있도록

지도자

각양각색 의견 분출
함성으로 엇갈릴 때

마음을 움직이고
분노를 잠재우고

리더는
부드러운 카리스마
그 힘으로 강하다

이율배반

저 편은 틀려먹었어 내 편이 옳다니까

쟤들은 정말 아니야 인간이길 포기한 거야

정반합 이걸 못 하고 욕설 집합 선거운동

장점 있나 찾아볼까 찾을수록 비열함뿐

내 자신을 돌아볼까 내 장점은 애국심뿐

정치는 빠져들수록 이율배반 난시안

나라 내 나라

요리조리 골목길도
정겹게 다니면서

이래 살건 저래 살건
당당하게 살고픈 곳

여기가
바로 그런 곳
자유롭고 선한 곳

10월은 태극기

삐그덕 열리던
나무 대문 왼편에

아버지는
10월 첫날
태극기를 달으셨지

그 모습
나라 사랑의 깃발
내 가슴에 펄럭인다

| 덮으면서 |

살면서
보이는 것 해본 것
그대로 적다 보니
글이 되고 시가 되었다
콧노래 흥얼거리듯 중얼중얼해 본다
기분 좋은 가슴 떨림!

어려운 말은 싫다
쉽게 짧게 순수하게
낙서하듯 읊조리면
시가 되고 시조가 된다

어린이도 할머니도
선머슴도 지식인도
읽으며 끄덕거린다면
이것이 바로
문화생활 시조!

2026년 2월
최경자